Gabriele Beyerlein

Lara

und das Geheimnis der Mühle

Mit Bildern von Susanne Smajić

Thienemann

Für Wolfgang
zu unserem Einzug
in die Kaisermühle

Die böse Fee

Der Tag fing an, wie ein Ferientag anfangen sollte. Die Sonne schien und Lara frühstückte mit Mama im Garten der alten Mühle, in der die drei wohnten: Mama und Lara und Blacky, ihre schwarze Katze.

Der Tag ging weiter, wie ein Ferientag weitergehen sollte. Lara und Mama töpferten in Mamas Werkstatt, während Blacky sich auf dem Fensterbrett in der Sonne braten ließ. Lara formte einen Zwerg aus Ton. Mama arbeitete an einer Gans mit dickem Bauch und dabei erzählte sie Laras Lieblingsmärchen: »Dornröschen«. Wie immer rieselte Lara ein Schauer den Rücken hinunter, als im Märchen die böse Fee Dornröschen verfluchte, sodass es sich in den Finger stechen und tot umfallen sollte. Als Dornröschen dann doch nur hundert Jahre schlafen musste, seufzte Lara zufrieden auf.

Alles war gut, bis Mama den Briefkasten leerte und den Brief von der Sparkasse las.

In diesem Augenblick war es Lara, als ob die böse Fee aus dem Märchen trat und Mama in Stein verwandelte. Mama saß stumm da und rührte sich nicht mehr, hielt den Brief zusammengeknüllt in ihren versteinerten Händen und hatte diesen komischen Blick, der gar nichts sah. Sie hörte auch nicht, wenn man mit ihr redete.

»Mama?«, versuchte Lara es noch einmal. »Haben alle Zwerge eine Mütze auf?«

Mama antwortete nicht.

Da ging Lara leise aus der Werkstatt. Bevor sie selber auch noch zu Stein wurde.

Wenn sie wüsste, was man gegen so eine böse

Fee tun könnte! Klar, Mama war nicht Dornröschen und Mama schlief auch nicht hundert Jahre, sondern saß nur eine Zeit lang so starr da. Und Märchen waren auch nicht die Wirklichkeit, sondern eben Märchen. Aber irgendetwas wie eine böse Fee musste es sein, eine, die man nicht sehen konnte und nicht hören und nicht riechen und nicht anfassen. Und die mit dem Hochwasser zu tun hatte.

Das erste Mal war die böse Fee im Frühling gekommen, nachdem das Hochwasser das Erdgeschoss der ehemaligen Mühle überschwemmt und in der Werkstatt alles kaputt gemacht hatte. Doch bei dem einen Mal war es nicht geblieben. Die böse Fee war wiedergekommen und in letzter Zeit kam sie immer öfter. Seit dem Hochwasser war Mama anders und redete dauernd davon, dass sie einen neuen Brennofen brauchte und kein Geld dafür hatte, vor allem, wenn sie mit ihrer Freundin telefonierte oder wenn Oma und Opa da waren. Und manchmal redete sie eben gar nicht mehr, so wie jetzt.

Lara blieb am Hoftor vor dem Schild stehen, auf dem stand: »Töpferwaren und Kunstgewerbe. Verkauf in der Werkstatt.« In den letzten Tagen war kein Mensch mehr da gewesen, um etwas zu kaufen. Das war schlecht, ganz schlecht, denn Leute, die viel kauften, vertrieben die böse Fee. Dann lachte Mama wieder und summte vor sich hin bei der Arbeit.

Lara starrte auf das Schild. Konnte sie etwas tun, damit Käufer kamen? Vielleicht Blumen neben das Schild stellen, damit es Wanderern, die zufällig vorbeikamen, besser auffiel? Und damit diese dann Lust bekamen, in die Werkstatt zu gehen und etwas zu kaufen: Gänse mit dicken Bäuchen oder blaue Hühner oder Bäume zum An-die-Wand-Hängen oder Teekannen oder Saftbecher. Damit Mama wieder normal wurde.

Lara rannte in den Garten hinter der Mühle. Sie pflückte gelbe Blumen und rote und blaue und weiße. Dann zögerte sie. Die lila Blumen dort drüben sahen so schön aus! Aber sie wuchsen an einer Stelle, die Lara gar nicht mochte:

dicht an dem finsteren Graben zwischen Mühle und Garten, in dem früher einmal – als die Mühle noch eine richtige Mühle gewesen war – das Mühlrad gehangen hatte.

Langsam ging Lara näher. Sie versuchte, nur auf die Blumen zu achten, auf nichts anderes. Aber sie spürte trotzdem die Kälte, die aus dem tiefen Graben aufstieg. Und noch etwas anderes fühlte sie, etwas Schweres, Trauriges, das ihr den Atem nahm. Sie schauderte zusammen.

Auf einmal war ihr, als würden feine Stimmchen ihr zuflüstern: »Geh nicht zum Graben!«, und als würden kleine zarte Händchen sie zurückhalten.

Vielleicht wohnte dort die böse Fee?

»Du kriegst mich nicht!«, sagte sie in Richtung Graben. Ihre Stimme klang heiser und tonlos. Sie räusperte sich. »Und überhaupt, du sollst meine Mama in Ruhe lassen, das wollte ich dir nur mal sagen!« Eine Gänsehaut lief ihr über den Rücken. Sie drehte sich um und rannte weg. Aber dann rief sie noch laut über die

Schulter zurück: »Glaub bloß nicht, dass ich Angst vor dir hab!«

Rasch holte sie aus dem Haus eine Vase und stellte den Strauß neben das Schild am Hoftor. Er war auch ohne die lila Blumen schön bunt.

Kurz guckte Lara durch die offene Tür in die Werkstatt. Mama saß reglos da wie zuvor. Sie war noch immer aus Stein.

Und es war keiner da, mit dem Lara darüber hätte reden können. Nicht einmal Blacky war zu sehen. Jetzt gab es nur noch eines, wo Lara Zuflucht finden konnte: bei ihrem Lieblingsplatz unter der Trauerweide.

Lara überquerte auf der Brücke den kleinen Fluss und lief dann durch hohes Gras auf die Trauerweide zu, die mitten in der Wiese stand. Die letzten Schritte zu ihrem Baum ging sie langsam und leise. Weil dies ein besonderer Ort war, ein feierlicher, stiller. Ein Ort, der einen trösten konnte.

Bis zum Boden hingen die Zweige der Trauerweide herab. Durch einen Vorhang aus Blättern trat Lara unter den Baum. Sacht streichelten die Zweige ihre Haare und ihre Arme und schlossen sich wieder hinter ihr. Sie sperrten die Sonne aus und die Welt und die Sorgen. Sie bildeten eine geheimnisvolle grün schimmernde Höhle, in der alles anders war.

Lara atmete tief auf. Hierher in ihre Höhle kam keine böse Fee. Hier war die Erinnerung an Mamas versteinertes Gesicht weit weg. Hier war alles gut.

Und Blacky war auch hier!

Die schwarze Katze schlief zusammengerollt im hohen Gras. Nun hob sie den Kopf, blinzelte Lara an, gähnte, streckte sich und legte den Kopf wieder auf ihre Vorderpfoten.

Lara setzte sich dicht neben Blacky und kraulte sie an der Stirn. Die Katze drückte ihren Kopf gegen Laras Hand und schnurrte. Ganz schummerig wurde es Lara von diesem Schnurren. Sie lehnte sich an den Baumstamm und sah den blauen Himmel durch die Blätter schimmern und hörte das Brummen einer Hummel und das

Rauschen des Flusses und das Zwitschern der Vögel. Die Augen fielen ihr zu. Da hörte sie noch etwas, ein zartes Wispern und leises Kichern. Und sie wusste, *sie* waren da.

Lara hatte sie noch nie gesehen. Aber gespürt hatte Lara diese *sie* hier unter der Trauerweide schon oft, und ab und zu auch im Garten. Und manchmal hatte Lara ganz leise ihr Wispern und Kichern gehört. So wie jetzt.

»Das ist nur der Wind in den Zweigen«, hatte Mama gesagt, als Lara ihr einmal davon erzählt hatte. Mama verstand das nicht. Denn Wind hörte sich nun einmal anders an und machte nicht so ein Gefühl. Es war ein schönes Gefühl. Als wäre jemand sehr Liebes da.

»Hallo, ihr!«, flüsterte Lara. »Wollt ihr mir nicht sagen, wer ihr seid?«

Ein kaum hörbares zärtliches Lachen, sonst nichts. Lara machte die Augen auf. Sonnenflecken tanzten im Gras. Außer Blacky war niemand zu sehen.

»Wart ihr das vorhin im Garten?«, fragte

Lara. »Habt ihr mich vor dem tiefen Graben gewarnt? Ich mag ihn auch nicht.«

Keine Antwort.

»Ihr macht es ganz schön spannend! Aber

ehrlich gesagt würde ich euch gern endlich einmal sehen!«

Doch nichts zeigte sich. Lara seufzte. »Na gut, dann bleibt eben unsichtbar! Aber ich weiß trotzdem, dass ihr da seid, und das ist schön. Weil ich sonst nämlich gerade ganz allein bin. Weil meine Freundinnen in die Ferien gefahren sind. Und weil Mama mal wieder zu Stein verwandelt ist.«

Etwas pustete ihr eine Haarsträhne ins Gesicht. In den Blättern rauschte es.

»Meint ihr, ich soll mal nachsehen, ob sie immer noch aus Stein ist?«, fragte Lara und stand auf, verließ die Baumhöhle und lief über die Brücke zur Mühle zurück.

Lara ging auf die Werkstatt zu. Kurz vor der offenen Tür blieb sie stehen. Zögerte. Lauschte. Stimmen von Käufern waren nicht zu hören. Auch sonst nichts. Nicht das Drehen der Töpferscheibe, nicht das dumpfe Schlagen, wenn Mama den Ton knetete. Einfach nichts.

Lara spähte durch die Tür.

Mama saß immer noch genauso da und starrte vor sich hin. Ihre Hände lagen wie leblos in ihrem Schoß. Als wollte sie die nie wieder rühren.

Lara räusperte sich.

Mama hörte es nicht.

Lara schluckte. Aber der Kloß im Hals ließ sich nicht wegschlucken. Still schlich sie wieder aus dem Hof.

Am besten blieb sie bis Mittag weg. Am Mittag würde Mama sich ja wohl daran erinnern, dass sie ein Kind hatte, dem sie dringend was zu essen kochen musste. Und dann würde sie sich endlich wieder rühren und in die Küche gehen und rufen, damit Lara den Tisch deckte oder Tomaten und Kräuter im Garten erntete. Und wenn sie ein paar Mal rufen und nach Lara suchen musste und sich fragte, wo Lara eigentlich abgeblieben war, würde das auch nicht schaden. Damit Mama auch einmal wusste, wie das war, wenn man sich Sorgen machte und wenn einem unheimlich war.

Lara ging an der Gartenmauer entlang und bog in den Pfad ein, der zum alten Wehr führte. Sprudelnd stürzte dort der kleine Fluss die Staustufe herunter. Lange sah Lara zu, wie die stiebenden Wassertropfen in der Sonne funkelten. Und das Flüsschen verwandelte sich in einen reißenden Strom und die Staustufe in einen Wasserfall so hoch wie ein Kirchturm. Und Mama trieb in einem kleinen Ruderboot auf den Wasserfall zu und paddelte verzweifelt, kam aber nicht gegen die Gewalt der Strömung an und stürzte den Wasserfall hinunter und fiel aus dem Boot und wurde unter Wasser gezogen und bekam keine Luft mehr und ertrank beinahe und tauchte auf und schlug mit den Armen um sich und schrie um Hilfe. Denn sosehr sie auch zu schwimmen versuchte, sie kam aus dem Strudel nicht heraus. Da knotete Lara ein Seil an einen Baum, warf es Mama zu, Mama bekam es zu fassen und zog sich daran aus dem Strom und war gerettet …

Lara blinzelte. Der Fluss war kein gewaltiger

Strom, sondern nicht viel mehr als ein großer Bach, in dem man nur bis zum Bauch im Wasser stand, und das Wehr war nicht so hoch wie ein Kirchturm, sondern nur ein paar Meter. Und sie hatte Mama nicht vor dem Ertrinken gerettet. Mama war in ihrer Werkstatt und bestimmt immer noch aus Stein. Und bis Mittag war noch viel Zeit.

Lara kletterte den Hang hinauf und erreichte den alten Mühlkanal, der hier vom Fluss abzweigte.

Früher einmal, vor hundert oder tausend Jahren oder so, hatte man an der Seite des Wehres einen Schieber öffnen können, sodass Wasser durch den Kanal bis zur Mühle floss und dort das Mühlrad antrieb. Aber jetzt war das alles zugemauert und der Mühlkanal ausgetrocknet und ein Mühlrad gab es schon lange nicht mehr.

Schön wäre es, wenn das Wasser wieder fließen würde und wenn sich da unten im düsteren Graben neben dem Haus ein Mühlrad drehen und lustig klappern würde! Vielleicht würde das

Klappern Mama aufwecken, wenn sie wieder so starr war?

Im trockenen Kanal schlenderte Lara in Richtung Mühle zurück. Altes Laub raschelte unter ihren Füßen.

Kurz vor der Mühle ging es nicht weiter, denn nun machte der Kanal eine Biegung und führte in einem vergitterten Tunnel schräg den Hang hinab. Lara spähte durch das Gitter in den dunklen Tunnel. Mama hatte ihr erklärt, dass hier ganz früher das Wasser bergab geflossen und über dem Graben wieder herausgekommen war. Dort hatte das Wasser das Mühlrad zum Drehen gebracht. Später hatte es dann eine Rohrleitung zu einer Maschine im Keller der Mühle gegeben, einer Turbine, die statt dem Mühlrad eingebaut worden war. Aber das war auch schon lange vorbei.

Lara kletterte aus dem Kanal und setzte sich auf eine Mauer. Von hier oben hatte sie einen guten Blick auf die Mühle. Hier würde sie hören, wenn Mama endlich nach ihr rief.

Eine schlimme Nachricht

Mama rief nicht. Ab und zu fuhr ein Auto die kleine Straße auf der anderen Seite des Tales entlang. Sonst ereignete sich nichts. Die Mühle lag außerhalb der Stadt, hier gab es kein anderes Haus in der Nähe und keine anderen Menschen als Mama und Lara.

Da – ein Auto blinkte, bremste ab, fuhr den holprigen Fahrweg zur Mühle, hielt direkt vor dem Haus! Und nicht nur eines! Noch eines! Und noch eines! Zwei dicke, fette, dunkelblaue Autos und ein quietschgelber Sportwagen, wie Lara ihn noch nie gesehen hatte.

Vor Aufregung hätte Lara sich beinahe verschluckt. Kamen da Leute, um etwas bei Mama zu kaufen? Leute, die solche tollen Autos fuhren, konnten nicht nur eine Gans mit dickem Bauch kaufen. Oder ein blaues Huhn. Oder einen Baum zum An-die-Wand-Hängen. Solche Leute konnten einfach alles kaufen! Alle Gänse und Hühner und Bäume und Kaffeegeschirre und Teekannen und auch noch die Liebespaare aus Ton! Endlich würde Mama wieder hören und reden und mit Lara ins Schwimmbad radeln und lachen …

Aus dem Sportwagen stieg eine Frau im roten Kostüm. Sie hatte eine lange Rolle unter dem Arm. Aus dem einen dunkelblauen Auto stieg ein Mann im dunklen Anzug, aus dem anderen einer im hellen Anzug. Sie schüttelten sich die Hände und redeten miteinander. Die Frau zeigte zur Mühle, aber sie gingen nicht hinein. Sahen sie den Blumenstrauß und das Schild nicht?

Die Frau rollte die Rolle auseinander. Ein großer Plan war es und die drei schauten hinein und

redeten und redeten. Und dann gingen sie den Fahrweg weiter und blieben genau unterhalb der Stelle stehen, an der Lara auf der Mauer saß.

»Hier ist der Parkplatz geplant!«, erklärte die Frau den beiden Männern und wies auf den Garten. »Zwei, drei Bäume können als Schattenspender stehen bleiben. Und dort drüben auf der anderen Flussseite der erste Abschlagplatz. Sehen Sie die Trauerweide auf der Wiese? Die muss natürlich weg. Da habe ich einen Übungsplatz mit Unterstand geplant.«

»Und die Hindernisse?«, fragte der Mann im hellen Anzug.

»Ein Teil der Hecken wird einbezogen. Auf den großen Wiesen müssen künstliche Hindernisse angelegt werden. Sandgefüllte Bunker und so weiter. Das Gelände ist ideal. Und dann das Ambiente für das Klubhaus! Kommen Sie, meine Herren, reden wir zunächst mit der Eigentümerin! Eine gewisse Frau Rosenstengel.«

Die drei machten kehrt und gingen den Weg zurück.

Lara saß auf ihrer Mauer und starrte ihnen nach, wie sie in der Mühle verschwanden. Eine gewisse Frau Rosenstengel ... Das war Mama. Doch um Töpferwaren zu kaufen, waren die Leute nicht gekommen, so viel hatte Lara verstanden. Auch wenn sie nicht begriff, was mit dem Bunker und dem Ambiente gemeint war. Aber ein Parkplatz in ihrem Garten! Und die Trauerweide ...

Lara fuhr auf und rutschte den Hang zum Fahrweg hinab. Niemals! Niemals durfte die Trauerweide gefällt werden! Das durfte Mama nicht zulassen, sie musste etwas dagegen tun, sie musste … Lara rannte. Rannte zur Mühle. Rannte in die Werkstatt.

Die Werkstatt war leer.

Lara rannte über den Hof zum Wohnhaus. Hörte die Stimmen aus dem Esszimmer, stürzte hinein.

Mama saß mit den beiden Männern und der Frau am Tisch. Die Fremden redeten und Mama hörte ihnen zu.

»Das ist ein faires Angebot«, sagte der Mann im dunklen Anzug gerade zu Mama, »ein besseres bekommen Sie nie!«

»Bei einer Zwangsversteigerung schneiden Sie auf jeden Fall schlechter ab!«, erklärte der im hellen Anzug.

Mama sagte gar nichts.

Lara schob sich zu ihr. »Mama«, flüsterte sie, »ich muss dir was sagen!«

Mama schüttelte den Kopf.

»Die, die Trauerweide …«, brachte Lara stockend hervor.

»Jetzt nicht, Lara!«, sagte Mama.

»Aber …«, flüsterte Lara.

»Jetzt nicht!«, wiederholte Mama und in ihrer Stimme war ein so fremder, schriller Klang, dass Lara aus dem Zimmer ging. Sie drückte sich im Hof herum, bis die beiden Männer und die Frau das Haus verließen. Auch als die drei Autos schon längst davongefahren waren, ging sie noch nicht zu Mama hinein.

Vorhin hatte sie sich gewünscht, dass Mama aufstand und wieder redete. Aber so, mit dieser Stimme, so nicht.

Blacky kam herbei und strich Lara um die Beine. Da nahm Lara sie auf den Arm, setzte sich mit ihr neben den Brunnen und drückte ihr Gesicht in Blackys Fell.

»Du, Lara?« Mama war herausgekommen und hockte sich neben Lara auf den Boden. »Ich muss dir was sagen.«

Lara nickte. Sie atmete heimlich ganz tief und lang aus. Wenigstens sprach Mama wieder mit ihr! Und die Stimme war wieder Mamas Stimme. Kurz schaute Lara zu ihr hin. Das Versteinerte war weg. Die böse Fee hatte Mama wieder freigegeben. Aber glücklich sah Mama nicht gerade aus. Eher im Gegenteil.

»Du bist ja schon groß«, begann Mama und machte erst einmal eine Pause. Leise fuhr sie fort: »Und du weißt ja, wie schwierig es in letzter Zeit mit dem Geld war. Toll war es nie damit, aber es ging doch immer irgendwie. Und die Mühle, das war Liebe auf den ersten Blick. Ich hab sie damals gekauft, obwohl sie eigentlich zu teuer für mich war. Aber ich hab gedacht, es wird schon werden, einen besseren Platz für dich kann es gar nicht geben, hier kannst du spielen und frei sein und die Natur erleben. Und das ist mehr wert als irgendwelche Urlaubsreisen oder teure Klamotten ...«

Lara hielt den Atem an. Mamas Stimme zitterte plötzlich so seltsam.

»Aber dann«, fuhr Mama fort und stockte, »das Hochwasser, weißt du. Es kostet mich den Kragen. Meinen Brennofen hat es ruiniert und im Haus eine Menge kaputt gemacht. Seit Monaten zerbreche ich mir den Kopf, wie ich das Geld für einen neuen Brennofen und für die notwendigen Reparaturen auftreiben kann. Meine Tonsachen woanders brennen zu lassen ist zu teuer. Vermieten kann ich auch nicht, weil ich dafür erst umbauen müsste, und dazu bräuchte ich auch wieder Geld. Es gibt keine Lösung. Jedenfalls bin ich restlos pleite. Ich habe immer noch gehofft, die Sparkasse gibt mir einen neuen Kredit, aber das tut sie nicht. Und die anderen Banken geben mir auch nichts. Weil meine Schulden einfach zu hoch sind. Wir müssen raus hier, Lara. Ich muss die Mühle verkaufen.«

»Raus?«, flüsterte Lara. »Du meinst – wirklich ganz weg?«

Mama nickte. »Die Leute, die vorhin da waren, haben mir ein Angebot gemacht. Ich fürchte, ich werde es annehmen müssen. Einen Golfplatz wollen sie anlegen. Die Mühle soll das Klubhaus werden und …«

»… und der Garten der Parkplatz!«, unterbrach Lara, denn plötzlich verstand sie das Ganze. »Und die Trauerweide wollen sie abhacken. Aber das will ich nicht! Ich will hierbleiben! Mama, tu doch was, ich, ich …«

Lara begann zu weinen. Sie konnte nichts dagegen machen, die Tränen liefen ganz von allein. Da nahm Mama sie in den Arm und hielt sie. Lara drückte ihren Kopf an Mamas Schulter und schluchzte. Mamas Schulter zuckte so seltsam. Heimlich schielte Lara zu Mamas Gesicht und sah: Mama weinte auch.

»Ich kann nichts tun!«, murmelte Mama in Laras Haare. »Ich will ja auch nicht hier weg! Aber wir müssen, verstehst du, wir müssen!«

Lange hockten sie so da und hielten sich fest. Dann stand Mama auf und zog Lara hoch. »Komm!«, sagte sie. »Wir schauen uns Wohnungen in der Stadt an! Ich hab ein paar Anzeigen in der Zeitung angestrichen.«

Wenn nicht ein Wunder geschieht

»Nun iss doch was!«, bat Mama und schob Lara den Teller mit den Gurkenscheiben und den Tomatenstückchen hin.

Lara schüttelte den Kopf und sagte: »Tomaten und Gurken können wir dann auch nicht mehr ernten! Weil wir keinen Garten mehr haben. Wahrscheinlich fallen uns dann die Zähne aus. Weil uns die Vitamine fehlen.«

Mama seufzte. »Mach es mir halt nicht noch schwerer, als es schon ist!«, sagte sie.

Lara schwieg. Sie starrte auf ihren Teller mit dem Käsebrot, von dem sie kein einziges Mal abgebissen hatte. Und plötzlich schrie sie: »Ich will nicht in diese blöde Wohnung! Ich will nicht in die Stadt!« Sie sprang auf, dass der Stuhl umfiel, und rannte hinaus, rannte aus der Mühle, rannte über die Brücke, rannte bis zur Trauerweide und verkroch sich dort.

Drei Wohnungen hatten sie zusammen angeschaut. Eine mit zwei Zimmern im elften Stock eines Hochhauses. Die war nichts, das sah auch Mama ein. Denn Blacky konnte schließlich nicht den Knopf im Aufzug drücken.

Eine mit zwei Zimmern im Erdgeschoss eines alten Hauses mit einem winzigen Garten. Erst hatte Mama nachdenklich geschaut, aber als die Vermieterin gesagt hatte, dass Haustiere nicht erlaubt seien, hatte Mama zum Glück gesagt: »Tut mir leid, dann kommt das für uns nicht infrage.«

Aber dann die dritte! Mitten in der Stadt lag sie, wo Haus an Haus gebaut war ohne ein bisschen Zwischenraum. Direkt an einer großen Kreuzung mit Straßenbahn und Bussen und jeder Menge Autos. Und es gab keinen Garten, sondern nur einen engen Hinterhof, in dem kein Baum wuchs, keine Blume und kein Grashalm. Weil kein Sonnenstrahl hineinfiel. Dafür standen da haufenweise Mülltonnen und Papiertonnen und Biotonnen. Aber eben auch der Schuppen, in dem Mama ihre Werkstatt einrichten könnte.

Mama hatte zu dem Vermieter gesagt, sie würde es sich überlegen. Überlegen! Was gab es da zu überlegen?

»Versteh doch, Lara!«, hatte Mama gebeten. »Ich muss in die Stadt. Ich kann mir kein Auto mehr leisten. Die Wohnung ist wirklich günstig. Und ich brauch eine Werkstatt. Ich möchte ja auch lieber im Grünen bleiben. Aber wenn es gar nicht anders geht ...«

Lara drückte sich fest an den Baumstamm. Sie müsste in eine andere Schule gehen und würde ihre Freundinnen verlieren. Und wo sollte sie mitten in der Stadt Höhlen unter Hecken bauen und Kieselsteine sammeln und ...

10
H

»Nein!«, flüsterte Lara. »Nein, nein, nein!«

Vom Haus her rief Mama. Lara tat, als ob sie nicht höre, bis das Rufen verstummte.

Sie war so allein.

Oder doch nicht?

»Seid ihr da?«, flüsterte Lara und lauschte in den Baum, ob sie von *ihnen* etwas hörte. »Ich könnte wirklich jemanden brauchen, wisst ihr? Weil ich nicht von hier wegwill, von unserer Mühle, meine ich. Nie, nie, nie! Aber Mama sagt, wir müssen in die Stadt.«

Angestrengt horchte Lara. Sie hörte das Rauschen des Flusses und das Rascheln der Blätter und das Abendlied eines Vogels, sonst nichts.

Lara seufzte. Der Daumen wanderte ganz von selbst in ihren Mund.

Dämmrig wurde es unter der Trauerweide. Endlich schob Lara einen der herabhängenden Zweige zur Seite und schaute ins Freie. Rot glühte der Himmel auf der einen Seite des Tales. Auf der anderen ging eben der Mond auf.

In dem engen Hinterhof würde man weder

den Sonnenuntergang sehen noch den Mondaufgang …

Langsam ging Lara zum Haus.

Mama schimpfte nicht, dass sie zu spät kam. Mama fragte nicht, wo sie gewesen sei. Mama schaute nur so forschend und irgendwie bittend, dass Lara gern etwas gesagt hätte. Aber ihr fiel nicht ein, was. Also putzte Lara sich die Zähne und zog sich aus. Sie nahm ihren Pandabären in den Arm und kuschelte sich ins Bett.

Mama kam noch einmal zu ihr und gab ihr einen Kuss auf die Stirn.

»Müssen wir wirklich umziehen?«, fragte Lara.

»Wenn nicht ein Wunder geschieht!«, erwiderte Mama und streichelte Laras Wange. Lara drückte ihren Pandabären an sich.

Die Vollmondnacht

Mitten in der Nacht schreckte sie aus dem Tiefschlaf auf. Hatte sie nicht einen Schrei gehört?

Da war er wieder. Als würde jemand um Hilfe schreien. Oder vor Schmerz. Mit klopfendem Herzen saß Lara im Bett. Wer schrie da draußen so? Ein Kind? Oder eine Katze? Wieder ertönte dieser schaurige Schrei. Nein, ein Kind war es nicht. Doch eine Katze. War Blacky etwas passiert? Lara schlug die Bettdecke zurück. Tastete im Finstern nach ihren Hausschuhen, fand sie nicht. Barfuß tappte sie aus dem Zimmer. Machte das Licht im Flur an. Lauschte.

Stille.

Lara schlich zu Mamas Schlafzimmer. Dann drehte sie wieder um. Sie war schon groß. Sie hatte es nicht mehr nötig, Mama nachts zu wecken. Überhaupt konnte sie selber nachschauen, warum Blacky draußen schrie. Vielleicht wollte Blacky ja nur ins Haus gelassen werden. Katzen schrien manchmal nachts, ohne dass etwas Schlimmes war.

Lara huschte die Treppe hinunter und machte die Haustür auf. Blacky kam nicht herein. Lara spähte in den Hof.

So anders sah er aus. Schwarze Schatten lagen vor dem Schuppen und vor der Werkstatt, die Mitte des Hofes aber war in silbernes Licht getaucht. Fast hell wie am Tag und doch ganz anders.

Die Katze saß auf dem Rand des Brunnens und schaute zu ihr herüber. »Blacky, komm doch rein!«, rief Lara leise.

Die Katze rührte sich nicht.

Lara ging zum Brunnen. Doch gerade als sie

Blacky auf den Arm nehmen wollte, sprang diese herunter und machte sich davon. Die Augen auf die Katze geheftet lief Lara hinterher. Aus dem Hof. Über die Brücke. Hinaus in die Vollmondnacht.

Dicht vor ihr eilte Blacky dahin, zum Greifen nah. Aber immer wenn Lara sich bückte und nach ihr fassen wollte, rannte die Katze ein wenig schneller und blieb unerreichbar. War das ein Spiel oder wollte sie Lara irgendwohin führen?

Auf der anderen Seite des Flusses verließ Blacky den Fahrweg, lief auf die Wiese – und war plötzlich verschwunden.

Lara stockte, blieb stehen. Sie starrte mit offenem Mund. Was war mit der Wiese geschehen? Dort, wo am Tag Gras wuchs und Blumen blühten, wallte und wogte es nun: glänzend, weiß und schimmernd wie Schnee. Nur viel duftiger und leichter. Darüber breitete sich der klare Sternenhimmel und mitten zwischen den Sternen leuchtete der runde, volle Mond.

»Nebel!«, flüsterte Lara schließlich. »Es ist nur Nebel, sonst nichts!« Aber ein Schaudern war auf ihrer Haut.

Vorsichtig machte sie einen Schritt auf die Wiese. Bis übers Knie tauchte sie ein in diesen wabernden Dunst. Sie fühlte nasses Gras unter ihren bloßen Füßen und an ihren nackten Beinen. Kalt war ihr im kurzen Nachthemd.

Von Blacky war nichts mehr zu sehen. Blacky war versunken im Nebel.

Lara wollte umkehren und ging doch weiter. Noch einen tastenden Schritt und noch einen. Sie konnte ihre eigenen Füße nicht erkennen, so dicht war der Nebel über dem Boden. Es sah aus, als schwebe eine Lara ohne Beine über einem weißen Meer. Ein Stück von ihr entfernt aber schwamm auf diesem Meer ein baumhohes, silbrig glänzendes Schiff.

Und dann hörte Lara etwas. So zart und fein war es, dass sie nicht sicher war, ob sie es wirklich hörte. Ein ganz sachtes Tönen und Klingen. Eine Musik, wie sie vielleicht die Sterne machten dort oben am Himmel. Doch diese Töne kamen nicht vom Himmel. Diese Töne kamen von dem schimmernden Schiff.

Wie von unsichtbaren Fäden gezogen ging Lara darauf zu. Es war doch kein Schiff, es war ihre Trauerweide. Aber wie anders sah sie aus im Vollmondschein, mitten im Nebel! Und was war das, was sich da um den Baum herum bewegte, was um ihn kreiste?

Lara blinzelte. Es konnte nicht sein! Vielleicht träumte sie nur? Sie schloss kurz die Augen und öffnete sie wieder. Aber das, was nicht sein konnte, war immer noch da.

Zarte Gestalten waren es, etwa so groß wie Laras Lieblingspuppe, nur viel schlanker und feiner. Sie tanzten um die Trauerweide einen Reigen. Bald tauchten sie ein in den weißen Dunst und verschwanden fast in ihm, bald erhoben sie sich darüber und schwebten durch die Luft. Sie fassten sich an den Händen und drehten sich zu zweien und zu dreien. Dann lösten sie sich wieder voneinander und vollführten anmutige Figuren. Und bei all dem summten sie ein vielstimmiges Lied.

Lara schaute und schaute, vergaß fast zu atmen. Diese kleinen Wesen sahen so ähnlich aus wie Menschen, und doch wieder nicht. Zierliche Köpfe mit übergroßen dunklen Augen hatten sie, keine Augenbrauen, aber lange Haare, die beim Tanz um sie herumwirbelten, und eine durchscheinend grünliche Haut. Und zwei Arme und zwei Beine, aber ihre Hände und Füße sahen irgendwie unfertig aus. Und um jede dieser Kleinen war ein rosa oder lila Leuchten.

»So schön!«, flüsterte Lara. »Sie tanzen so schön!«

Da unterbrachen die Wesen schlagartig ihren Tanz und ihren Gesang. Reglos standen sie und sahen Lara aus ihren großen Augen überrascht an. Und dann rief eines von ihnen mit hohem Stimmchen: »Das Menschenkind sieht uns! Der Vollmond hat ihm die Augen geöffnet!«

Lara räusperte sich. »Wer seid ihr? Wo kommt ihr plötzlich her?«

»Plötzlich?!« Dieses Wort rief bei den zarten Gestalten ungeheure Heiterkeit hervor. Sie kicherten und lachten, stießen sich mit ihren Ärmchen an, ja, einige überschlugen sich sogar in der Luft.

»Wir sind immer hier auf der Wiese und im Garten!«, prustete schließlich eine von ihnen heraus.

»Hier ist unsere Heimat seit eh und je. Die Elfen dieser Wiese und dieses Gartens sind wir!«, rief die nächste.

»Also ihr seid das!«, flüsterte Lara. Ganz feierlich war ihr. »Ihr seid die, die ich manchmal gespürt habe? Erst gestern wieder hier unter dem Baum und im Garten?«

»So ist es!«, erwiderten die Elfen im Chor. Und eine fuhr fort: »Wir kennen dich seit Langem! In der Regel sehen und hören uns die Menschen nicht. Doch du warst da eine gewisse Ausnahme, eine sehr erfreuliche, denn manchmal hast du unsere Nähe gefühlt und hast unsere Stimmen vernommen. Aber was meinst du, wie oft du schon mitten durch unsere Schar hindurchgelaufen bist! Wie oft wir rasch zur Seite gesprungen sind, damit du dich nicht auf uns draufsetzt oder uns trittst!«

»Das, das …«, stotterte Lara. »Das tut mir leid!«

»Oh, das braucht es nicht! Es ist lustig. Ein Spiel. Wir freuen uns immer dich zu sehen. Weil wir spüren, dass du unseren Baum liebst!«

»Euren Baum?«, fragte Lara. »Ihr meint die Trauerweide?«

»Aber ja, Trauerweide, so nennt ihr Menschen ihn!«, bestätigten die Elfen. »Auch wenn er nicht im Geringsten traurig ist! Ganz im Gegenteil, er ist eine Glücksweide. Hier treffen wir uns zum Feiern, zum Tanzen und Singen, wenn wir unsere Arbeit getan haben. Wenn wir den Blumen beim Blühen und den Pflanzen beim Wachsen geholfen haben. Unser Baum ist der schönste Ort der Welt!«

»Ja, das ist er. Für mich auch. Mein Baum ist er nämlich auch«, sagte Lara und musste daran denken, wie oft sie hier das Gefühl gehabt hatte, nicht allein zu sein. Nun wusste sie endlich, wessen Nähe sie immer gespürt hatte. Sie lächelte. Doch dann fiel ihr wieder ein, was die Frau im roten Kostüm mit dem Baum vorhatte. »Aber jetzt soll er gefällt werden!«, brach es aus ihr heraus.

»Gefällt? Aber das ist ja schrecklich! Sie wollen den Baum umbringen? Wer tut denn so etwas?!«, riefen die Elfen entsetzt durcheinander.

»Die Leute, die heute hier waren«, erklärte Lara. »Und unseren Garten, ich meine euren Garten, da wollen sie einen Parkplatz draus machen.«

Die Elfen taumelten zurück, als hätte Lara ihnen einen Stoß versetzt. Sie sanken zu Boden, sodass nur noch ihre schmalen Köpfe aus dem Nebel hervorsahen. Weinend schlugen sie ihre kleinen Hände vor ihre Gesichter.

»Meine rosaroten Pfingstrosen!«, schluchzte die eine.

»Mein wilder Mohn!«, klagte die nächste.

»Meine lieben Brennnesseln!«, jammerte die dritte.

»Wo sollen wir leben, wenn es unseren Garten nicht mehr gibt?«, fragte die vierte. Und so ging es reihum und wieder von vorn.

Da setzte sich Lara in die nebelfeuchte Wiese und weinte auch.

Plötzlich hörte sie eine sehr tiefe, raue Stimme hinter sich: »Was für ein misstönendes Konzert! Dafür bin ich nicht aus der Erde hervorgekommen! Gibt es in einer Vollmondnacht wie dieser keine lieblichere Musik?«

Lara drehte sich um. Ein Zwerg in dunkler altmodischer Kleidung stand da, kurz und untersetzt war er, kräftige Arme hatte er, eine braune Haut und buschige Augenbrauen, unter denen strenge Augen funkelten. Ein starker Geruch nach frischer Erde strömte von ihm aus. In der Faust hielt er einen knorrigen Stock, mit dem er nun ungeduldig auf den Boden stieß. »Ich muss doch sehr bitten! Sagt mir einer, was hier vonstatten geht?«

Allron, der Zwerg

Irgendwoher aus dem Nebel tauchte Blacky auf. Wo war sie gewesen? Sie sprang auf Laras Schoß, ließ sich umständlich darin nieder und rollte sich zusammen.

Lara grub ihre klammen Finger in Blackys Fell. Gut war es, die Wärme der Katze zu fühlen. Es war so kalt im Gras. Gut war es, Blackys Nähe zu spüren. Es half zu begreifen, dass dies alles wirkliche Wirklichkeit war. Und nicht nur ein Sommernachts-Vollmondtraum.

Sie hatte den Elfen und dem Zwerg – Allron wurde er von den Elfen genannt – alles erzählt:

dass Mama pleite war und die Mühle verkaufen musste und dass die fremden Leute ein Klubhaus für einen Golfplatz daraus machen wollten. Nun herrschte tiefes Schweigen.

»Ein Golfplatz, was ist das?«, fragte schließlich eine Elfe.

»Irgendwie so Wiesen mit ganz kurz geschorenem Rasen«, antwortete Lara. »Und da sind Löcher drin und in die muss man einen kleinen Ball reinschlagen. Und die Leute ziehen immer so Wagen hinter sich her mit ganz vielen Schlägern. Und dann gibt es da einen Abschlagplatz und sandgefüllte Bunker, aber was das ist, weiß ich auch nicht so genau.«

»Was immer es ist, es klingt jedenfalls abscheulich!«, knurrte Allron. »Sollen mir künftig Bälle um die Ohren fliegen, sobald ich den Kopf aus dem Boden strecke? Meinen Schlafplatz unter dem Wurzelwerk dieses Baumes kann ich dann auch vergessen! Und die Konzerte des Elfenvolkes, die im Allgemeinen recht erfreulich waren und nicht solcher Katzenjammer wie heute!«

»Du denkst nur an dich, Allron!«, klagte eine Elfe. »Denkst du nicht an die vielen Bäume und Blumen und Hecken und Gräser, die ihr Leben lassen müssen? Und an uns, die wir heimatlos werden?«

Allron brummte: »Erwartet ihr, dass ich in Tränen ausbreche? Ich bin nicht so ein Seelchen wie euereins! Mit diesem Menschenkind hier und seiner Mutter lässt es sich leben. Ich habe gehört, sie hat viel Sinn für die Erde, formt schöne Dinge aus Ton. Das lasse ich mir gefallen. Vielleicht könnte sie sogar Zwerge nachbilden. Es soll bleiben, wie es ist. Basta!«

»Aber es kann nicht so bleiben, das ist es ja gerade!«, rief Lara. »Meinst du, wir würden hier freiwillig weggehen?! Nie und nimmer! Wir müssen in eine scheußliche Wohnung in der Stadt ziehen, wo es keinen Baum und keine Blume und kein gar nichts gibt. Weil meine Mutter kein Geld mehr hat und lauter Schulden! Sie *will* das alles hier nicht verkaufen, sie *muss* es!«

»Geld, Geld! Bei euch Menschen dreht sich alles immer nur ums Geld!«, schimpfte Allron. »Geld und Gold, Gold und Geld …« Er versank in grübelndes Schweigen.

»Gar nicht alles!«, widersprach Lara. »Urlaubsreisen und teure Klamotten, so was ist uns nämlich ganz gleich. Aber einen neuen Brennofen braucht Mama eben, weil das Hochwasser …«

»Kannst du mal still sein! Oder ist das zu viel verlangt von einem Menschen?«, raunzte Allron sie an. »Ich überlege doch gerade, was hier zu tun ist!«

Verschreckt hielt Lara den Mund. Auch die Elfen verhielten sich zunächst still und beobachteten den Zwerg mit gespannter Miene. Dann begannen sie zu wispern: »Allron denkt nach! Allron sinnt auf Abhilfe! Allron wird Rat wissen!«

Der Zwerg runzelte die Stirn und reckte sich. »Rat zu wissen ist hier leichter gesagt als getan!«, erklärte er abweisend, doch heimlicher

Stolz blitzte in seinen Augen. »Ich erbitte mir äußerste Ruhe!«

Die Elfen nickten und schlugen sich ihre Händchen vor die Münder. Lara nickte auch und hielt sich ebenfalls den Mund zu.

»Da war etwas«, murmelte Allron schließlich und wiegte den Kopf. »Lang ist es her nach Menschenzeit. Viel Wasser ist seither den Fluss hinabgerauscht. Aber ich meine, damals gehört zu haben ...« Er sprach nicht weiter.

»Was hast du gehört, Allron?«, umschmeichelten ihn die Elfen. »Ihr Zwerge versteht euch auf Reichtümer. Ihr Zwerge versteht euch auf Gold und Schätze. Weißt du etwa von einem Schatz? Bitte sag!«

Ein Schatz? Lara fuhr auf. Ihr Herz schlug wild. Das wäre es! »Wenn es hier einen Schatz gäbe, wenn ich ihn finden würde!«, rief sie. »Dann wären wir reich! Dann könnte Mama die Mühle behalten und alles würde bleiben wie bisher, der Garten und der Baum und ...« Sie verschluckte sich.

»Hm!«, machte Allron, nahm die Mütze herunter und kratzte sich ausgiebig am Kopf. »Mag sein. Ja, mag sein. Ich glaube, die Muhme hat einst davon erzählt. Es muss zu Zeiten des Müllers gewesen sein, der das Mühlrad abschaffte und diese abscheuliche Maschine in die Mühle baute. Einen Höllenlärm machte dieses Ding, die Erde bebte bis hierher! Ein Segen, dass es vorbei ist!«

»Der Schatz!«, drängte Lara.

»Ja doch!« Allron funkelte sie zornig an und stieß dabei seinen Stock heftig auf den Boden, sodass sie zusammenzuckte. »Frag Petron! Wenn einer etwas darüber weiß, so er! Und wenn er überhaupt zum Reden zu bringen ist, dann nur jetzt, in einer Vollmondnacht!«

»Petron?«, wiederholte Lara eingeschüchtert. »Wo, bitte, finde ich den?«

Allron stieß ein trockenes Lachen aus. »Im Fels im Mühlgraben, wo sonst! Dort, wo einst das Mühlrad hing. Petron ist ein Felsenzwerg. Sie sind nicht gerade beweglich zu nennen, die

Zwerge seinesgleichen! Oder genauer: Er kann sich nicht wegrühren von seinem Fleck.«

In dem Graben, in dem einst das Mühlrad hing? Lara fuhr zusammen. Kalt war ihr plötzlich. Dieses finstere Loch, das ihr so unheimlich war! Dorthin sollte sie gehen, noch dazu mitten in der Nacht? Und was machte sie, wenn sie da der bösen Fee begegnete?

»Ich, ich glaube, das kann ich nicht«, stammelte sie. »Da, da in dem Loch wohnt vielleicht die böse Fee, die Mama manchmal verzaubert, und der will ich nicht ...«

»Böse Fee?«, schnauzte Allron. »Papperlapapp! In dem Graben haust Petron und sonst niemand, so wahr ich Allron heiße! Petron mag nicht gerade die Freundlichkeit in Person sein – Felsenzwerge haben nicht das liebenswürdige Wesen von uns Erdzwergen –, aber bei ihm bist du in Sicherheit. Also geh zu ihm!«

Sie schluckte. Vielleicht, wenn die Elfen sie begleiten würden und sie all ihren Mut zusammennahm ...

»Kommt ihr mit?«, fragte sie die Elfen.

Diese blickten verlegen zur Seite, senkten ihre Köpfe. »Petron ist ein furchtbarer Griesgram! Missmutig, wie es schlimmer nicht geht! Er gewährt uns keinen Zutritt! Er lässt keine einzige Blume blühen in seinem Graben, nur kümmerliches Moos!«, sprachen sie durcheinander. Und dann alle gemeinsam: »Tut uns leid, Kind! Zu Petron musst du alleine gehen!«

Allein? Zu einem Felsenzwerg, wo sie noch nicht einmal wusste, was das war? Zu jemandem, der so unfreundlich war, wie die Elfen es schilderten? Dann lieber noch mit Allron gemeinsam, obwohl sie von einem liebenswürdigen Wesen bei dem nicht gerade viel gemerkt hatte!

»Bitte, Allron!«, bat Lara. »Dann begleite du mich!«

»Ich! Wie käme ich dazu!«, wehrte Allron entrüstet ab. »Ich überquere doch nicht den Fluss! Gewässer, auch noch fließendes – einfach abscheulich!«

»Aber du kannst doch über die Brücke gehen!«, wandte Lara ein.

»Durch die Luft hoch über dem Wasser?«, fuhr Allron sie an. »Noch abscheulicher! Bin ich ein Erdzwerg – oder ein Akrobat? Was ist mit dir, du wirst dich doch wohl nicht fürchten vor einem unbeweglichen Felsenzwerg?!«

»Ich, nein, natürlich nicht ...«, stotterte Lara.

»Na also, dann mach dich auf den Weg!«, forderte Allron.

»Oh ja, bitte, mach dich auf den Weg!«, baten die Elfen. »Geh zu Petron und frag ihn nach dem Schatz!«

Lara dachte nach. Ob Mama ihr glauben würde, wenn sie ihr das alles erzählte? Ob Mama mit ihr zu diesem schrecklichen Petron ginge? Mit Mama wäre es gar nicht schlimm. Mit Mama wäre es ein Kinderspiel, sozusagen.

»Ich frag meine Mama, ob sie mit mir kommt!«, erklärte sie.

»Deine Mama?«, ereiferte sich Allron. »Vergiss es, Menschenkind! Du glaubst doch nicht, dass Petron mit einem erwachsenen Menschen spricht! Große Menschen sind blind und taub fürs Zwergenreich. Halten unsereins für Märchen! Selbst wenn deine Mutter darin anders sein sollte – immerhin schätzt sie die Erde, formt schöne Dinge aus Ton –, selbst dann würde Petron sich vor ihr nimmermehr zeigen! Und mit ihr reden – wo denkst du hin!«

Lara schwieg. Blieb ihr wirklich nichts anderes übrig, als sich alleine aufzumachen?

Sie grub ihre Finger in Blackys Fell. Wenigstens Blacky konnte sie mitnehmen, dann war sie nicht ganz allein.

»Komm, Blacky!«, sagte sie leise und drückte die Katze fest an sich.

Blacky sträubte sich, wand sich aus ihren Armen, sprang vom Schoß, huschte unter den Baum und seinen Stamm hinauf.

Auch Blacky fürchtete sich vor Petron und vor dem dunklen Loch.

Lara schluckte. Sie musste wirklich allein gehen.

Petron und Loodine

Leise zog Lara die Haustür hinter sich zu, ganz vorsichtig, um Mama nicht zu wecken. Ihren Mantel hatte Lara sich aus der Garderobe geholt und ihre Schuhe, damit sie nicht so fror. In ihr Zimmer hinaufzuschleichen und sich richtig anzuziehen, hatte sie sich nicht getraut. Die Treppenstufen knarrten so laut.

Lara lief zur Ufermauer und kletterte vorsichtig die Eisenleiter hinunter. Dann ging sie den Pfad zwischen dem Fluss und der Mauer entlang, auf der die Mühle errichtet war. Sicher gelangte sie bis zur Hausecke. Hier war früher einmal das Wasser aus dem Mühlgraben von einer hohen Stufe herab in den Fluss gemündet, nachdem es das Mühlrad angetrieben hatte. Vor dem Absatz, der ihr gerade bis zum Kinn ging, blieb Lara stehen.

Dort hinauf musste sie, dann war sie in dem zum Fluss hin offenen Graben, in dem früher das Mühlrad gehangen hatte: in dem düsteren Loch, vor dem sie sich schon bei Sonnenschein fürchtete. In dem Loch, in dem der griesgrämige, unfreundliche Petron hauste.

Wenn er schon Elfen nicht mochte, die man doch einfach gern haben musste, was musste er dann erst von kleinen Mädchen halten! Besonders von einem, das von ihm auch noch wissen wollte, ob es hier irgendwo einen Schatz gab …

Lara wünschte sich, sie läge in ihrem Bett.

Eigentlich gehörte sie dort auch hin. Sie bräuchte nur umzukehren. Warm wäre es dort und kuschelig und schön.

Aber dann müssten sie hier bald ausziehen und in der hässlichen Wohnung mit dem trostlosen Hinterhof in der Stadt leben, und die Trauerweide würde gefällt, und die Elfen …

Lara seufzte. Immerhin hatte Allron versprochen, dass ihr nichts passieren würde und die böse Fee ganz bestimmt nicht hier im Graben wohnte. Lara stellte sich auf die Zehenspitzen und blickte sich um. Rechts die Hauswand, links die Felswand, in beiden war noch das Loch für die Achse des Mühlrades zu sehen. Geradeaus die hohe Felsstufe, von der das Wasser aus dem Tunnel auf das Mühlrad gestürzt war. Da waren die bemoosten Wände und der felsige Boden des Grabens und sonst nichts. Kein Zwerg. Nur dieses Gefühl, diese Gänsehaut auf dem Rücken und das Kribbeln im Bauch.

Tief holte Lara Luft. Machte einen Klimmzug. Zog sich den Absatz hinauf. Dann stand sie an der Stelle, an der früher das Mühlrad befestigt war. »Petron?«, flüsterte sie.

Nichts.

»Petron, ich muss mit dir reden. Bitte sag etwas!«, bat sie.

Schweigen.

Auf die Stirnseite des Grabens schien hell der Mond. Zernarbt war der Fels, voller Schründe und Spalten. Zotteliges Moos und silbrige Flechten hingen herab.

Zitternd schlang Lara die Arme um ihren Körper. Kalt war ihr trotz ihres warmen Mantels, kalt von innen heraus. Oder kam die Kälte aus diesem Fels? Und noch etwas anderes strömte aus ihm, mitten in Laras Herz: eine tiefe, tiefe Traurigkeit. Eine bittere Trauer, so schwer wie ein Fels. Eine Trauer, die einfach zu groß war für Laras Herz, die es fast zerriss.

»Petron?«, flüsterte Lara noch einmal. »Petron, bist du das mit der Traurigkeit? Kommt sie von dir? Bist du so furchtbar, furchtbar traurig?«

Da war ihr, als höre sie ein Stöhnen. Ein unterdrücktes schmerzliches Stöhnen, fast wie ein Knirschen.

»Es tut mir leid, dass du so traurig bist!«, sagte Lara leise.

Wieder das Stöhnen. Jetzt hörte sie es genau. Von der Stirnseite des Grabens kam es. Lara starrte auf die mondbeschienene Felswand. Diese beiden dunklen kreisrunden Vertiefungen dort – waren das nicht Augen? Dieses zottelige Moos – waren es Augenbrauen? Der Vorsprung dort – eine Nase? Die silbrigen Flechten – ein Bart?

Und plötzlich sah sie ihn, sah den ganzen Felsenzwerg, sah Petron, der gar kein Zwerg war, sondern ein Riese, viel größer als sie selbst oder als Mama oder als Opa. Mit dem Felsen verwachsen war er, ein Teil des Felsens, kaum wahrzunehmen. Und doch, wenn man ihn erst einmal bemerkt hatte, dann erkannte man ihn ganz deutlich.

Zögernd ging sie auf ihn zu, legte ihre Hand an seine raue, kalte Felshaut. Da geschah etwas. Es war, als ob sich ein Fenster öffnete in eine andere Zeit. Und sie sah – und begriff zugleich, dass sie sah, wie es früher einmal gewesen war, hier an dieser Stelle.

Sie sah diesen Felsen hinter sprühendem Wasser, sah Petron im Fels mit lachenden Augen und strahlendem Gesicht. Sah unzählige winzige Wesen mit den stiebenden Wassertropfen über das Mühlrad purzeln, sich in der Luft überschlagen, Saltos vollführen und waghalsige Drehungen, von Stufe zu Stufe hinunterspringen, untertauchen und neben dem Rad im Wasser zurückschwimmen zur Felswand. Sah sie diese Wand behände hinaufklettern, sich dabei an Petrons Hosenbeinen, an seinen Jackenärmeln, an seinem Bart und sogar seinen Augenbrauen festhalten. Sah, wie Petron gutmütig grinste, wenn sie ihn dabei kitzelten und ziepten. Sah, wie sie die Höhe erreichten und sich wieder in den Wasserstrom warfen und erneut über das Mühlrad in die Tiefe sprangen.

So ähnlich wie die Elfen sahen sie aus, diese übermütigen Wesen, nur viel kleiner waren sie und rundlich mit dicken Bäuchen und sie hatten eine blaue Haut und grüne Haare und einen silbrigen Schein.

Wasserelfen mussten es sein oder Nixen oder – ach, Lara wusste den Namen nicht. Aber der Name war auch gleich. Dass sie nett waren und lustig und voller Freude, das spürte man, auch ohne etwas von ihnen zu wissen.

Dann bemerkte Lara die kleine Nixe, die auf Petrons rechter Schulter saß, nah an seinem Ohr. Sie war etwas größer als die anderen und schlanker und wunderschön und hatte keine grünen Haare, sondern goldene. Sie spielte auf einer winzigen Harfe und sang dazu. Und Petron schloss die Augen beim Hinhören und sah glücklich aus, so glücklich.

Auf einmal war das Bild weg. Und es war da wieder nichts als der mondbeschienene Fels und mit ihm verwachsen Petron in seinem versteinerten Schmerz.

»Verschwinde!«, knirschte Petron. »Ich will allein sein!«

Laras Mund war ganz trocken. Und im Hals war es eng. Sie räusperte sich. »Die Nixe mit der Harfe«, fragte sie leise, »wo ist sie hin?«

»Was weiß ich, wo Loodine sein mag!«, brach es aus Petron heraus. »Ob sie überhaupt noch lebt! Wasserfallnixen können nicht leben ohne Wasserfall! Als der Mühlgraben hier trockengelegt wurde, musste sie weg und mit ihr all ihre lieben Kinder. Wenn sie nicht sehr schnell einen Wasserfall gefunden haben ...« Er stockte. Und dann plötzlich brüllte er: »Verschwinde, hab ich gesagt!«

Lara zuckte zusammen. Sie drehte sich um, ließ sich den Absatz hinunter, schlich am Fluss entlang und kletterte wieder die Eisenleiter zum Hof hinauf.

Nun war sie gar nicht dazu gekommen, Petron nach dem Schatz zu fragen. Und um nichts in der Welt würde sie noch einmal zu ihm zurückgehen. So, wie er sie angebrüllt hatte ...

Es hätte sowieso keinen Sinn. Petron würde nicht noch einmal mit ihr reden. Und selbst wenn er etwas von einem Schatz wüsste: Sagen würde er es ihr nie und nimmer.

Armer Petron. Wie unglücklich er war! Er

musste sie sehr lieben, diese zierliche Loodine und ihre übermütigen Nixenkinder. Und nichts von ihr zu wissen und sie nicht suchen zu können, weil er mit dem Fels verbunden war und sich nicht vom Fleck rühren konnte …

Ob Loodine noch lebte?

Lara dachte nach. Einmal hatten Oma und Opa sie in den Ferien mit in die Alpen genommen. Da hatte es einen Wasserfall gegeben. Aber das war ein ganzer Tag Autofahrt gewesen. Bis dorthin hatte es Loodine mit ihren Kindern wohl nicht geschafft. Wasserfallnixen konnten bestimmt nicht Auto fahren. Oder Zug. Oder mit dem Flugzeug fliegen.

Und sonst gab es keinen Wasserfall in der Nähe, oder?

Lara runzelte die Stirn, dachte angestrengt nach. Nein, von einem Wasserfall hier irgendwo hatte sie nie gehört. Sie hatte sich nur vorgestellt, dass das Wehr einer wäre.

Sie schlug sich mit der Hand an die Stirn. Das Wehr im Fluss! Wenn den Wasserfallnixen das

Mühlrad als Wasserfall genügt hatte, dann tat es das Wehr vielleicht auch. So hoch wie bei einem Mühlrad stürzte das Wasser die Stufe dort mindestens hinunter!

Lara rannte los, rannte aus dem Hof, rannte den Fahrweg entlang, bog auf den Pfad ab, der zum Wehr führte. Sie rannte so schnell, dass sie gar keine Zeit hatte, Angst davor zu bekommen, so allein durch die Nacht zu laufen. Und als dann doch ein bisschen Angst kommen wollte, rannte sie noch schneller.

Außer Atem kam sie am Wehr an. Silbern stob das Wasser im Mondlicht.

Lara ging so nah heran, wie sie konnte, bis an das Gitter, das den Zutritt aufs Wehr versperrte. Sie schaute sich fast die Augen aus. Aber eine Wasserfallnixe sah sie nicht. Nicht eine einzige.

Vielleicht war es ja nur zu dunkel, immerhin waren die Nixen sehr klein und nicht leicht zu erkennen.

»Loodine!«, rief Lara gegen das Rauschen des Wassers an. »Loodine, bist du hier?«

Das Wasser tönte. Das Wasser schäumte. Nichts geschah.

»Loodine!«, rief Lara noch einmal. »Petron hat solche Sehnsucht nach dir! Er weiß nicht einmal, ob du noch lebst!«

Ein großer Schwall Wasser schlug herüber und spritzte Lara mitten ins Gesicht. Mit dem Ärmel ihres Mantels wischte sie sich trocken. Als sie wieder durch das Gitter auf den Fluss schauen wollte, sah sie die feine bläuliche Gestalt mit dem leuchtenden Haar.

Loodine.

Zierlich saß sie auf einer Gitterstange, ihre kleine Harfe in der Hand.

»Was sagst du von Petron?«, fragte Loodine mit feinem Stimmchen. »Er hat mich also nicht vergessen, der gute Alte?«

Lara nickte stumm. Sie brachte kein Wort heraus, kein einziges.

Loodine seufzte. »Ach, waren das glückliche Zeiten!«, meinte sie. »Was hatten meine Kleinen für einen Spaß daran, das Mühlrad hinunterzupurzeln! Und was für eine Geduld bewies Petron mit ihnen. Nun habe ich längst Enkelkinder, aber keines von ihnen hat je über ein Mühlrad springen dürfen. Was gäbe ich darum, wieder zu Petron zurückkehren zu können! Aber ohne Wasser ist mir das unmöglich. Die Menschen haben keinen Sinn mehr für Mühlräder.«

»Ich schon! Und meine Mama auch!«, erwiderte Lara. »Aber ihr fehlt das Geld, und deshalb …« Sie brach ab.

Der Schatz! Für alles wäre der Schatz die Lösung! Auch für Loodine und Petron!

Doch noch ehe sie etwas sagen konnte, rief Loodine: »Leb wohl, Menschenkind! Der Wasserfall ruft mich. Dank dir, dass du mir von Petron erzählt hast. Sag ihm, kein Tag vergeht, an dem ich nicht an ihn denke! Doch der Weg zu ihm ist für mich zu weit. So lang kann ich nicht leben ohne Wasserfall. Ich käme wohl hin zur Mühle, doch nimmermehr zurück.« Damit erhob sich die kleine Nixe, streckte sich und sprang in hohem Bogen in den Wasserfall zurück.

Petrons Geheimnis

Nun stand Lara tatsächlich wieder hier in dem schaurigen Graben vor Petron. Der Mond war weitergewandert, die Felswand lag im dunklen Schatten. Lara konnte den Felsenzwerg, der groß wie ein Felsenriese war, nicht erkennen. Aber sie spürte seine Gegenwart, seine Ablehnung und seinen Zorn.

»Nicht böse sein, dass ich schon wieder da bin, Petron«, bat Lara. »Ich habe Loodine gefunden! Und ich soll dir von ihr ausrichten, dass kein Tag vergeht, an dem sie nicht an dich denkt.«

Ein Stöhnen war die Antwort, ein Stöhnen, bei dem Lara eine Gänsehaut bekam und feuchte Augen.

»Menschenkind!«, dröhnte Petron. »Treib keinen grausamen Spott mit mir!«

»Das tu ich nicht«, beteuerte Lara. »Loodine lebt im Wehr ein paar Minuten flussaufwärts! Ich hab sie gerade eben gesehen und mit ihr geredet. Sie würde gern zu dir zurückkehren. Sie möchte, dass ihre Enkelkinder das Mühlrad hinunterpurzeln können, aber das geht nicht, weil es hier kein Wasser und kein Mühlrad mehr gibt, und deshalb wollte ich dich fragen …«

»Langsam!«, tönte es aus dem Fels. »Loodine lebt? Wirklich und wahrhaftig? Und sie möchte zu mir zurückkehren?«

»Sag ich doch!«, erwiderte Lara. »Und es würde auch alles gehen, weil Mama sowieso gern wieder ein Mühlrad hätte, das hat sie immer gesagt. Und dass sie es schön fände, wenn hier wieder Wasser liefe. Aber es geht eben nicht, weil sie kein Geld hat und die Mühle verkaufen muss. Und weil die Leute hier einen Golfplatz machen wollen und einen Parkplatz und …«

»Langsam!«, schrie Petron. »Mein Kopf zerspringt vor so viel Neuem! Loodine würde zu mir zurückkommen?«

»Ja, bestimmt. Mit ihren Enkelkindern. Sie sagt, du hast ganz viel Geduld mit Kindern!«

»Sagt sie das?« Etwas wie ein Lächeln war in der Stimme des Felsenzwerges.

»Ja. Aber damit das alles Wirklichkeit wird, musst du mir helfen, bitte! Weil das mit dem Mühlrad und dem Wasser nur geht, wenn ich einen Schatz finde. Und Allron sagt, du weißt vielleicht was von einem Schatz.«

»Ein Schatz?«

»Na ja, Gold eben oder so was.«

»Gold!«, dröhnte Petron aufgeregt. »Wenn es weiter nichts ist! Versprichst du mir, dass hier wieder Wasser über ein Mühlrad fließen wird, wenn ich dir sage, wo du es findest?«

Lara holte tief Luft. Sie kreuzte die Hände

über der Brust und schloss die Augen. »Ich verspreche es!«

»Gut. Ich vertraue dir. Weil du ein Kind bist. Höre! Es war dieser Mistkerl von einem Müller, der das Wasser in eine Rohrleitung sperrte und diesen Graben hier trockenlegte und das Mühlrad abbaute und die grässliche Maschine im Keller errichtete. Reich wurde er mit dem Höllending, dieser Turbine. Doch er gönnte keinem etwas von seinem Reichtum. Ganz allein lebte er, hatte weder Frau noch Kinder. Aber er fürchtete, dass Einbrecher oder seine Gesellen ihn bestehlen könnten. Deshalb versteckte er sein Gold in einem Topf heimlich dort in der Felswand im Achsloch, das einst das Mühlrad hielt. Jahr für Jahr schlich er sich her und häufte seine Reichtümer an. Dann stürzte er eines Tages die Kellerstiege hinunter und brach sich das Genick. Kein Mensch wusste von dem Gold und von dem Versteck. So liegt es hier noch heute.«

»Hier?«, flüsterte Lara.

»Hier im Achsloch, mit einem Stein verschlossen! Komm bei Tag her, mit deiner Mutter, und du wirst meine Worte bestätigt finden. Petron hält, was er verspricht. Halte auch du, was du versprochen hast!«

»Das werde ich tun!«, beteuerte Lara. Dann trat sie nah an den Felsen heran. Sie strich mit der Hand über die raue Wand und die buschigen Flechten. Und drückte einen Kuss darauf. »Danke, Petron. Vielen Dank!«

»Dank dir, Menschenkind!«

Auf einmal kam er ihr gar nicht mehr kalt vor, der Fels.

Wenig später war Lara ins Haus zurückgekehrt. So müde war sie plötzlich, dass sie nicht einmal mehr ihren Mantel ausziehen konnte. Sie streifte die Schuhe von den Füßen und fiel in ihr Bett. Bis zur Nasenspitze zog sie sich die Bettdecke. »Morgen muss ich Mama …«, dachte sie noch. Weiter kam sie nicht. Denn da schlief sie schon. Sie schlief und schlief und schlief. Bis zum Morgen. Bis zum Vormittag. Bis zum Mittag.

»Willst du heute denn überhaupt nicht wach werden?«, hörte sie Mamas Stimme mitten in einen Traum hinein.

Mama saß auf Laras Bettkante und zog ihr die Decke weg.

Mama riss die Augen auf. »Lara! Was ist denn mit dir los?! Warum hast du im Mantel geschlafen? Sag mal«, misstrauisch schaute Mama auf die Schuhe vor Laras Bett und auf den Mantel und in Laras Gesicht, »warst du etwa heute Nacht draußen?«

Lara setzte sich im Bett auf. »Ich muss dir ganz viel erzählen, Mama«, begann sie. »Aber erst musst du mir was versprechen!«

»Hör mal, so geht das ja wohl nicht!«, regte Mama sich auf. »Ich muss auf jeden Fall wissen, was du heute Nacht gemacht hast!«

»Das will ich dir ja gerade erklären. Aber erst musst du mir eben etwas versprechen, weil ich es doch Petron versprochen habe und weil ich doch mein Wort halten muss …«

»Wem hast du was versprochen?«

»Petron. Dem Felsenzwerg.«

»Dem Felsenzwerg? Meine Güte, Lara! Ich glaub, du hast mir sehr viel zu erzählen!«

»Sag ich doch, Mama! Sag ich doch!«

Der Schatz

Fast ihren ganzen Werkzeugkoffer hatte Mama schon zum Einsatz gebracht, aber den Stein hatte sie nicht aus dem Achsloch herausbekommen. Dann war sie auf die Idee mit der Bohrmaschine und dem Dübel und dem Haken gekommen. Und jetzt, endlich, ließ sich der Stein herausziehen.

Mama leuchtete mit der Taschenlampe in das Loch. Lara spähte hinein. »Da ist was, Mama!«, rief sie aufgeregt. »Ein Topf mit einem Deckel drauf!«

Mit beiden Händen griff Lara in das tiefe

Loch, das von dem Stein verschlossen gewesen war. So tief griff sie hinein, dass ihre Arme darin verschwanden. Dann konnte sie den Topf erreichen, gerade eben. Aus rauem Ton war er. Sie versuchte ihn nach vorn zu ziehen. Er stand fest, wie angewachsen.

Lara zog und zerrte. Mit aller Kraft. Ein winziges Stückchen konnte sie ihn bewegen. Dann ging es nicht mehr. Er war schwer, unglaublich schwer.

»Mama, das musst du machen!«, keuchte Lara.

Mama schaute in das Loch. »Ich werd verrückt!«, murmelte sie. »Ich glaub, ich werd verrückt! Hier, halt mal!« Sie gab Lara die Taschenlampe und langte hinein. Mit aller Kraft zog sie und bekam vor Anstrengung einen roten Kopf. Und dann holte sie den Topf heraus. Sie hielt ihn mit beiden Händen fest an ihren Körper gepresst, ging hastig damit in die Knie und stellte ihn am Boden ab.

»Ich werd verrückt!«, wiederholte sie. »Der

Topf, Lara, der ist so schwer, da kann eigentlich nur eines drin sein …« Sie schloss die Augen.

»Gold?«, flüsterte Lara.

Mama nickte. »Komm her zu mir, halt mich fest!«, sagte sie leise und zog Lara in ihre Arme. »Und jetzt nimm den Deckel ab!«

Ganz feierlich war Lara plötzlich zumute. Noch viel feierlicher als zu Weihnachten, wenn die Kerzen am Christbaum brannten und die Geschenke darunter lagen und sie das erste in die Hand nahm, um es auszupacken.

»Ich?«, fragte sie.

»Wer sonst!«, erwiderte Mama.

Da hob Lara den Deckel hoch und schaute in den Topf. Er war voller Goldmünzen, großen und kleinen Goldmünzen, bis obenhin.

Mama gab einen Laut von sich, der halb ein Freudenschrei war und halb ein Schluchzer. Sie langte in den Topf, griff tief in die Münzen, wühlte darin, holte einige heraus, tat sie zurück. »Wirklich Gold!«, flüsterte sie. »Echtes Gold! Und so viel! Das sind mehr als zwanzig Kilo,

vielleicht sogar dreißig, das ist, das ist so viel wert, o mein Gott!« Und plötzlich fing sie an zu weinen.

Lara kniete da, drückte sich Mamas Kopf an die Schulter, streichelte Mamas Haare und sagte: »Aber Mama, wenn es doch Gold ist, warum weinst du denn dann?«

»Weil ich so glücklich bin!«, erwiderte Mama und lachte und weinte und wischte sich das Gesicht und hielt Lara ganz fest. »Weil wir jetzt hierbleiben können, verstehst du, weil ich meine Schulden bezahlen kann und die Mühle instand setzen und einen neuen Brennofen kaufen!«

»Und ein Mühlrad bauen und das Wasser wieder hier in den Graben fließen lassen!«, erinnerte Lara rasch. »Das tust du doch, gell? Weil du es versprochen hast!«

»Natürlich tu ich das. Das ist überhaupt das Erste, was ich tu!«, erklärte Mama. »Ich werd doch wohl halten, was ich versprochen habe!«

»Natürlich«, wiederholte Lara. »Und ich nämlich auch!«

»Ja, mein Schatz, du auch!«

»Das da ist dein Schatz!«, sagte Lara und zeigte auf den Topf mit dem Gold.

Mama schaute Lara an. »Das ist unser Schatz,

unser gemeinsamer. Aber mein Schatz, Lara, das bist immer noch du! Ohne dich hätte ich das hier nie bekommen. Und wenn ich dran denke, wie du mir das vorhin erzählt hast – ich muss gestehen, geglaubt hab ich das alles nicht. Nur weil du mir keine Ruhe gelassen hast, hab ich mir das Achsloch überhaupt angeschaut. Aber als ich dann gesehen habe, dass da wirklich nachträglich ein Stein eingesetzt war ... Mensch, Lara! Du bist vielleicht eine!«

»Was denn für eine?«, fragte Lara und wurde ein bisschen rot.

»Eine ganz Besondere!«, erwiderte Mama und gab ihr einen festen Kuss auf die Backe. »Und jetzt geh ich ins Haus und hol meinen Rucksack, damit wir das Gold hier wegtragen können. Willst du mitkommen?«

»Nein.« Lara schüttelte den Kopf. »Ich hab erst noch was zu erledigen.«

Mama stutzte. Sie folgte mit den Augen Laras Blick, der auf die Felswand an der Stirnseite des Grabens gerichtet war. Dann nickte sie. »Verstehe. Sag ihm auch von mir einen herzlichen Dank, ja?« Damit stand Mama auf, schwang sich den Absatz zum Flussufer hinunter und verschwand.

Lara fasste noch einmal in den Topf mit dem Gold und ließ sich einige Münzen durch die Finger gleiten.

Dann trat sie nah an die Felswand. Sie schaute und schaute und schaute. Zernarbt war der Fels, voller Schründe und Spalten. Zotteliges Moos und silbrige Flechten hingen herab.

Von Petron war nichts zu sehen. Es war ja auch keine Vollmondnacht.

Aber da war er trotzdem, er konnte ja gar nicht weg. Und hören würde er sie doch wohl, selbst wenn er sich nicht zeigte?

Sie legte ihre Hand auf den Fels. »Danke, Petron«, sagte sie. »Vielen herzlichen Dank. Auch von meiner Mama. Weil wir jetzt nämlich hier bleiben können. Und die Elfen auch. Und du wirst schon sehen, dass ich mein Versprechen halte. Du wirst schon sehen!«

Loodines Rückkehr

»Na dann, Lara!«, sagte Opa. »Wasser marsch!«

Lara nickte. Sie holte tief Luft, fasste mit beiden Händen nach der Kurbel und begann sie zu drehen, mit aller Kraft. Es knirschte. Die Zahnräder griffen ineinander. Und langsam, langsam begann sich der Schieber zu heben.

Am Morgen hatte Opa das neue Seitenwehr am Fluss geöffnet, sodass Wasser in den Kanal laufen konnte. Doch noch verhinderte der Schieber am Ende des Tunnels, dass das Wasser auf das Mühlrad floss statt durch den Überlauf in den Fluss. Noch stand es still, das nigelnagelneue Mühlrad im Graben. Noch wusste keiner so genau, ob alles überhaupt klappen würde.

Eine dünne Wasserspur schoss unter dem sich langsam hebenden Schieber hindurch. Rasch floss es die neue hölzerne Rinne entlang, die genau bis über das Mühlrad führte. Dann fiel es hinunter und füllte die oberste Schaufel des Rades.

Gespannt wartete Lara. Mama hatte ihr erklärt, wie ein Mühlrad funktionierte. Wenn die Schaufel voll war, würde ihr Gewicht nach unten drücken. Und das Mühlrad würde sich dadurch bewegen.

Tatsächlich, jetzt drehte es sich ein kleines Stück! Gerade so weit, dass das Wasser aus der Rinne nun in die nächste Schaufel floss.

Lara kurbelte schneller. Sie kurbelte so schnell sie konnte. Immer weiter hob sich der Schieber. Immer mehr Wasser schoss aus dem Tunnel in die Rinne. Immer rascher füllten sich die Schaufeln des Mühlrades. Immer geschwinder begann es sich zu drehen.

»Es läuft!«, schrie Lara. »Es läuft!« Sie ließ die Kurbel los und begann vor Aufregung auf einem Bein zu hüpfen. Erst auf dem rechten. Dann auf dem linken.

»Pass auf, Kind!«, warnte Oma ängstlich. »Fall bloß nicht da runter! So ein Mühlrad ist gefährlich, hörst du! Das kann dich glatt zerquetschen! Sei um Himmels willen vorsichtig!«

Lara lachte. »Keine Angst, Oma! Ich pass schon auf! Ich weiß doch, dass ich da nicht reinfallen darf! Schließlich bin ich keine Wasserfallnixe!«

»Keine was?«, fragte Oma.

»Keine Wasserfallnixe. So wie Loodine«, erwiderte Lara und ruckte noch einmal an der Kurbel. Jetzt

begann das Mühlrad zu klappern, so schnell drehte es sich.

»Weißt du, wovon das Kind redet?«, fragte Oma die Mama.

»Klar!«, antwortete Mama und zwinkerte Lara zu.

Opa öffnete den Schieber noch ein wenig weiter, dann wieder zurück, und beobachtete kritisch, wie schnell das Rad lief. »Scheint ordentlich gemacht zu sein!«, brummte er. »Ich bin bloß gespannt, ob der Generator auch wirklich so viel Strom liefert, wie dieser Ingenieur es dir ausgerechnet hat!«

»Für den Hausstrom und die Heizung und meinen neuen Brennofen reicht es auf jeden Fall«, sagte Mama. »Und ein bisschen Strom zum Verkaufen wird schon auch noch bleiben!«

»Na ja!«, meinte Opa und nickte Mama zu. »Doch nicht so dumm! Obwohl ich immer noch finde, du hättest als Erstes das Dach neu decken lassen sollen. Das wäre dringender gewesen.«

»Das wäre überhaupt nicht dringender gewesen!«, protestierte Lara. »Es gab nämlich gar nichts, was so dringend sein konnte wie das hier!«

Opa lachte. »Du musst es ja wissen, Lara!«

»Und ob ich das weiß!«

Neben dem Graben rutschte Lara die Böschung hinunter bis zu der Mauer, die den Garten vom Fluss trennte. Jetzt konnte sie von unten auf das Mühlrad blicken. Sie konnte sehen, wie das Wasser auf die Schaufeln stürzte, wie die Wassertropfen spritzten und im Sonnenlicht funkelten. Und durch den Schleier des herabfallenden Wassers konnte sie auch etwas von der Felswand an der Stirnseite sehen, die halb vom Rad verdeckt war.

Und dann sah sie noch etwas.

Sie sah unzählige winzige Wasserfallnixen mit den stiebenden Wassertropfen über das Mühlrad purzeln, sich in der Luft überschlagen, Saltos vollführen und waghalsige Drehungen, von Stufe zu Stufe hinunterspringen, untertauchen und neben dem Rad im Wasser zurückschwimmen zur Felswand. Lara sah sie diese Wand behände hinaufklettern. Nein, das war nicht einfach die Wand, da war ja Petron! An seinen Hosenbeinen, an seinen Jackenärmeln, an seinem Bart und sogar seinen Augenbrauen hielten sich die Nixenkinder beim Hinaufklettern fest. Und Petron grinste gutmütig von einem Ohr bis zum andern und sah so unglaublich glücklich aus.

Auf seiner rechten Schulter aber saß Loodine. Sie war noch immer wunderschön, auch wenn man jetzt bei Sonnenschein erkannte, dass ihre Haare nicht mehr golden waren, sondern schneeweiß und dass viele zarte Runzeln sich über ihr feines Gesicht zogen. Sie spielte auf ihrer winzigen Harfe und sang dazu. Und Lara meinte über das Rauschen des Wassers und das Klappern der Mühle hinweg die Musik zu hören, eine Musik so zart und fein, wie sie nicht einmal die Elfen machen konnten.

Sie waren zurückgekehrt, Loodine und die

Kleinen. Zu Petron war das Glück zurückgekehrt. Und irgendwie hatte er es geschafft, dass sie das sehen konnte. Obwohl gar keine Vollmondnacht war, sondern heller Tag.

Tief atmete Lara ein. Und aus. Und war froh, ganz, ganz froh. Von jetzt an würde sie sich vor dem dunklen Graben nicht mehr fürchten. Hier wohnte keine böse Fee, hier wohnten Petron und Loodine und ihre lustigen Enkelkinder.

Das mit der bösen Fee war sowieso keine Wirklichkeit. Sie hatte mit Mama darüber geredet. Und Mama hatte sie in den Arm genommen und gesagt: »Ach Lara, das war keine böse Fee! Das waren meine Geldsorgen. Wenn sie ganz groß waren, konnte ich einfach an nichts anderes denken und gar nichts mehr tun, weißt du. Dann war das einfach zu viel für mich. Es tut mir leid, wenn dir das Angst gemacht hat und wenn ich nicht richtig für dich da war. Sehr leid.«

»Dann ist das ja jetzt vorbei?«, hatte Lara gefragt.

»Ja«, hatte Mama gesagt und ihr einen Kuss gegeben, »das ist es!«

Und das war es wirklich. Mama konnte wieder lachen und singen und bei der Arbeit vor sich hin summen. Eine Mama, die so glücklich war, konnte überhaupt keine Fee der Welt in Stein verzaubern.

»Schaut nur, schaut!«, rief Lara zu Mama und zu Oma und Opa in die Höhe. »Da ist Loodine mit ihren Enkelkindern, den Wasserfallnixen! Seht ihr, wie sie im Mühlrad spielen? Und seht ihr, wie glücklich Petron ist? Seht ihr den Felsenzwerg und Loodine auf seiner Schulter?«

»Kind, was redest du für einen Unsinn!«, antwortete Opa. »Wasserfallnixen und Felsenzwerge! Ich bitte dich! Mach uns doch nicht weis, dass du so was sehen willst!«

Mama legte Opa die Hand auf den Arm. »Lass, Papa!«, sagte sie. »Bitte lass! Manchmal sehen Kinder vielleicht mehr als unsereins!«

Ein Thron für Allron

Lara zog mit Mama den kleinen Bollerwagen über die Wiese bis zur Trauerweide. Dann hoben sie gemeinsam den Thron herunter und wuchteten ihn unter den Baum.

Zufrieden betrachtete Lara ihn, wie er da stand.

Sie hatte ihn selbst getöpfert, ganz allein. Mama hatte ihr fast gar nicht helfen müssen. Nur erklärt hatte Mama ihr, wie sie es machen musste, damit alle Teile richtig zusammenhielten: die Beine und die Sitzfläche und die hohe Rückenlehne und die Verzierungen auf allem.

Dann hatte Mama den Thron in ihrem großen neuen Ofen gebrannt. Und erklärt hatte Mama ihr, wie sie ihn anmalen konnte.

Lara hatte ihn sehr bunt angemalt. Blau und rot und gelb und grün und lila. Dann hatte Mama eine Glasur darüber gemacht und ihn noch mal gebrannt.

Nun war er fertig, der Thron für Allron.

Lara hatte lange nachgedacht, was für ein Geschenk sie Allron machen konnte. Weil sie ohne Allron ja nie von dem Schatz erfahren hätte und nie auf die Idee gekommen wäre, mit Petron zu reden. Dann war ihr das mit dem Thron eingefallen. Damit Allron einen schönen Stuhl hatte, auf den er sich setzen konnte, wenn er in Vollmondnächten dem Konzert der Elfen zuhörte. In einer Vollmondnacht so wie heute.

»Ich geh dann mal wieder«, meinte Mama. »Du willst ja unbedingt allein bleiben. Aber ich gehe nicht ins Haus, ich warte gleich dort drüben am Weg. Wenn irgendwas ist oder wenn es dir unheimlich wird, dann rufst du einfach, ja?«

»Es wird mir nicht unheimlich!«, behauptete Lara. Aber irgendwie war es trotzdem gut zu wissen, dass Mama in der Nähe war.

Lara trat unter ihrem Baum hervor und beobachtete, wie Mama über die Wiese ging, sich am Wegrand ins Gras setzte und ihr noch einmal zuwinkte.

Lara winkte zurück. Dann sah sie zu, wie der runde Mond über dem Berg aufstieg und es langsam, langsam dunkel wurde.

Lara legte sich auf die Decke, die Mama ihr mitgegeben hatte, und verschränkte die Arme unter dem Kopf. Schön war es, so allein in den Himmel zu sehen. Das hätte sie in der Stadt nie gekonnt …

Blacky kam herbei, stieg Lara auf den Bauch, trampelte ausgiebig darauf herum und rollte sich dann auf Laras Bauch zusammen.

Lara kraulte sie an der Kehle. »Gut, dass du nicht in einem Hinterhof wohnen musst, in den kein Sonnenstrahl fällt, was?«

Blacky schnurrte.

Die ersten Sterne tauchten auf, da einer und dort einer.

Warum dauerte es so lange, bis richtig Nacht war?

Lara fielen die Augen zu.

Plötzlich schreckte sie hoch. War sie etwa eingeschlafen? Sie setzte sich auf. Da hörte sie etwas: einen feinen, zarten Gesang. Eine wunderbare Musik. Das Lied der Elfen …

Sie blickte zum Baum. Da sah sie die Elfen, sah sie um die Trauerweide tanzen, sich an den Händen fassen, sich drehen und sich wiegen und schweben.

»Hallo, ihr!«, flüsterte Lara. »Schön, dass ihr wieder da seid!«

Die Elfen streckten die zierlichen Arme nach ihr aus, winkten sie heran und sangen dabei:

»Wir tanzen den Reigen
zu zweien und dreien,
wir hegen und pflegen,
wir weben und schweben,

und wer uns kann sehen,
im Tanz soll sich drehen!«

Lara nickte, nahm Blacky in den Arm, stand auf und tanzte gemeinsam mit den Elfen um den Baum herum.

»Das lasse ich mir gefallen!«, tönte plötzlich eine tiefe Stimme unter dem Baum hervor.

Lara schob sich durch die herabhängenden Zweige in die dunkle Blätterhöhle. Erst konnte sie nichts erkennen. Dann zeichneten sich die Umrisse des Thrones ab. Und schließlich glomm ein kleines rotes Lichtlein auf. Da sah sie den Zwerg. Allron saß auf dem Thron und rauchte eine lange Pfeife.

Bedächtig räusperte er sich.

»Ich hoffe, dein Thron gefällt dir, Allron«, meinte Lara. »Ich hab ihn ganz allein gemacht. Zum Dank, weil du mir das mit dem Schatz gesagt hast und wir jetzt hierbleiben können. Und überhaupt. Weil ich mich für Mama nicht mehr vor einer bösen Fee fürchten muss.«

»Unsinn! Vor was denn für einer bösen Fee?«, raunzte Allron und schüttelte den Kopf.

Lara lachte. »Genau! Vor was denn für einer bösen Fee!«

Von Gabriele Beyerlein
bei Thienemann u.a. erschienen:

Der Berg des weißen Goldes
Der goldene Kegel
Der Schatz von Atlantis
Schwarzer Mond

Beyerlein, Gabriele:
Lara und das Geheimnis der Mühle (Vorsicht, Hochspannung!)
ISBN 978 3 522 17961 4

Einbandgestaltung: init. büro für gestaltung, Bielefeld, und Rüdiger Trebels
Innenillustrationen: Susanne Smajić
Schrift: Sabon
Satz: KCS GmbH, Buchholz/Hamburg
Reproduktionen: Medienfabrik, Möglingen
Druck und Bindung: Friedrich Pustet, Regensburg

www.thienemann.de
www.gabriele-beyerlein.de